Monsieur GRAND

Roger Hargreaves

hachette
JEUNESSE

Monsieur Grand était vraiment très, très grand.

Jamais on n'a vu quelqu'un de plus grand
que monsieur Grand.

Et même, jamais on n'a vu quelqu'un d'aussi grand
que monsieur Grand.

Tu connais quelqu'un qui a des jambes aussi longues
que celles de monsieur Grand ?

En vérité, monsieur Grand était tellement grand que ça lui compliquait la vie.

Comme tu peux t'en rendre compte.

Et il soupirait tristement :
– Ah! Si seulement mes jambes n'étaient pas
aussi longues...

Un jour, il décida d'aller faire une promenade
pour se changer les idées.

Juste au moment où il enjambait un arbre,
il entendit une voix.

Une toute petite voix.

– Bonjour!

C'était monsieur Petit.

Il était sous une marguerite.

Et monsieur Grand ne le voyait pas.

Alors, monsieur Petit cria de toutes ses petites forces :

– Bonjour !

Mais quand monsieur Petit criait
de toutes ses petites forces,
il ne faisait pas plus de bruit qu'une mouche qui éternue.

Au bout d'un certain temps, monsieur Grand
finit tout de même par l'apercevoir.

– Oh! c'est vous! dit-il d'un ton las.

– Vous avez l'air bien triste, dit monsieur Petit.

– C'est à cause de mes longues jambes.
Elles me gâchent la vie.

– Oh! dit monsieur Petit.

Monsieur Petit décida de lui remonter le moral.

– Et, si nous allions au bord de la mer, dit-il?

Mais ce n'était pas facile pour monsieur Petit.

Comme si une souris pouvait marcher
aussi vite qu'une girafe!

Alors monsieur Petit eut une idée.

Une très bonne idée !

Il la mit aussitôt à exécution.

Avec ses longues jambes, monsieur Grand arriva
très vite au bord de la mer.

– Allons nous baigner! s'écria monsieur Petit.

– Pas moi, répondit monsieur Grand.
Avant que je trouve un endroit assez profond
pour nager, je serai déjà de l'autre côté de la mer.

Pendant que monsieur Petit se baignait,
monsieur Grand s'assit tristement au bord de l'eau.

Sa figure s'allongeait de plus en plus.
Encore un peu et elle serait aussi longue
que ses jambes !

Monsieur Chatouille vint à passer.

– Bonjour! dit-il. Vous n'avez pas l'air joyeux.
Vous voulez que je vous chatouille?

– Non, merci, répondit monsieur Grand.
Ce que je voudrais, c'est d'autres jambes.
Les miennes sont trop longues.

– Moi, c'est les bras, répliqua monsieur Chatouille.

Il ajouta d'un ton malicieux :
– Mais ils sont bien commodes pour faire
des chatouilles !

Et il alla chatouiller quelqu'un d'autre.

Monsieur Curieux vint à passer.

– Allons! Allons! dit-il. Qu'est-ce qui vous arrive?
Vous avez du chagrin?

– C'est à cause de mes jambes,
répondit monsieur Grand.
Elles sont trop longues.

– Moi, c'est le nez, répliqua monsieur Curieux.

Il ajouta en riant :
– Mais il est bien commode pour fouiner
dans les affaires des autres !

Et il alla fourrer son nez ailleurs.

Monsieur Glouton vint à passer.

– Bonjour, dit-il. Vous avez l'air bien malheureux.

– C'est à cause de mes jambes,
expliqua monsieur Grand.
Elles sont trop longues.

– Moi, c'est les dents, répliqua monsieur Glouton.

Il ajouta :

– Mais elles sont bien commodes pour croquer, croquer et croquer encore.

Et il alla chercher quelque chose à se mettre sous la dent.

Monsieur Grand resta songeur.
Il pensa aux bras de monsieur Chatouille,
au nez de monsieur Curieux et aux dents
de monsieur Glouton.

Alors il commença à sourire.

Ses yeux se plissèrent.

Puis il éclata de rire.

Il regarda ses jambes,
ses très, très, très longues jambes.

– Elles sont bien commodes pour marcher! s'écria-t-il.

Et il rentra chez lui.

En quatre minutes.

Quatre minutes pour faire cinquante kilomètres
à pied!

Après sa baignade, monsieur Petit revint sur la plage.

Il n'y avait plus personne.
Comment allait-il rentrer chez lui?

Bravement, il se mit en route.

Il devait faire cinquante kilomètres à pied!

C'était il y a un an.

Il est arrivé chez lui hier soir !

LA COLLECTION MADAME C'EST AUSSI 41 PERSONNAGES !

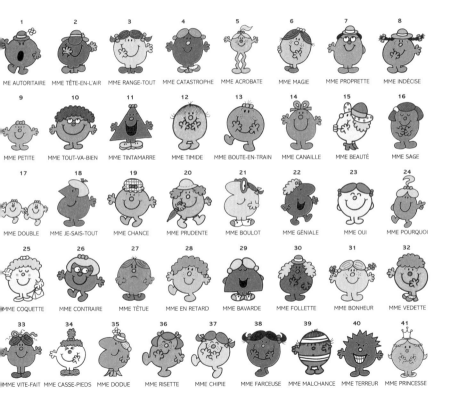

1 ME AUTORITAIRE
2 MME TÊTE-EN-L'AIR
3 MME RANGE-TOUT
4 MME CATASTROPHE
5 MME ACROBATE
6 MME MAGIE
7 MME PROPRETTE
8 MME INDÉCISE

9 MME PETITE
10 MME TOUT-VA-BIEN
11 MME TINTAMARRE
12 MME TIMIDE
13 MME BOUTE-EN-TRAIN
14 MME CANAILLE
15 MME BEAUTÉ
16 MME SAGE

17 MME DOUBLE
18 MME JE-SAIS-TOUT
19 MME CHANCE
20 MME PRUDENTE
21 MME BOULOT
22 MME GÉNIALE
23 MME OUI
24 MME POURQUOI

25 MME COQUETTE
26 MME CONTRAIRE
27 MME TÊTUE
28 MME EN RETARD
29 MME BAVARDE
30 MME FOLLETTE
31 MME BONHEUR
32 MME VEDETTE

33 MME VITE-FAIT
34 MME CASSE-PIEDS
35 MME DODUE
36 MME RISETTE
37 MME CHIPIE
38 MME FARCEUSE
39 MME MALCHANCE
40 MME TERREUR
41 MME PRINCESSE

Édité par Hachette Livre - 43, quai de Grenelle, 75905 Paris Cedex 15
ISBN :978-2-01-224554-9
Dépôt légal : février 1983
Loi n° 49- 956 du 16 juillet 1949, sur les publications destinées à la jeunesse.
Imprimé par IME (Baume-les-Dames), en France